MW00955832

Made in the USA
Las Vegas, NV
07 October 2022

56746299R00057